¿Dónde está Jake?

Nota

Una vez que el niño o la niña pueda reconocer e identificar las 13 palabras que se usan en este cuento, podrá leer todo el libro. Estas 13 palabras se repiten a lo largo del cuento para que los lectores jóvenes puedan reconocer las palabras fácilmente y comprender su significado.

Las 13 palabras usadas en este libro son:

a	arriba	encima	Jake
abajo	comer	escondido	
adentro	debajo	está	
afuera	dónde	hola	

Library of Congress Cataloging-in-Publication Data
Packard, Mary.
¿Dónde está Jake?/escrito por Mary Packard; ilustrado por Carolyn Ewing. 32 p. 20 X 20 cm—(Ya sé leer)
Traducción de: Where is Jake?
Resumen: Dos niños buscan su perro en varios lugares, pero él se mantiene un paso adelante de ellos.
ISBN 0-516-35361-6
(1. Perros—Ficción.) I. Ewing, C. S., il. II. Título. III. Serie.
PZ7.7.P1247Wh 1990
(E)—dc20 90-30160
CIP
AC

¿Dónde está Jake?

Escrito por Mary Packard   Ilustrado por Carolyn Ewing
Versión en español de Lada Josefa Kratky

CHILDRENS PRESS®
CHICAGO

Printed in the United States of America. Published simultaneously in Canada.
Developed by Nancy Hall, Inc. Designed by Antler & Baldwin Design Group.

1 2 3 4 5 6 7 8 9 10 R 99 98 97 96 95 94 93 92 91 90

¿Dónde está Jake?

¿Está escondido?

¿Está adentro?

¿Está afuera?

¿Está debajo?

¿Está encima?

¿Está arriba?

¿Está abajo?

¿Jake? ¿Jake?

¿Dónde está Jake?

¡A comer!

¡Hola, Jake!